ATRIUM

Erich Kästner, 1899 in Dresden geboren, ist bis heute einer der meistgelesenen und beliebtesten deutschen Autoren. Nach der Machtübernahme der Nationalsozialisten wurden seine Bücher verbrannt, sein Werk erschien nunmehr in der Schweiz im Atrium Verlag. Für seine Bücher wurde er mit zahlreichen Preisen ausgezeichnet, darunter der Hans-Christian-Andersen-Preis und der Georg-Büchner-Preis. Erich Kästner starb 1974 in München.

LEBEN UND TATEN DES SCHARFSINNIGEN RITTERS DON QUICHOTTE

Nacherzählt von

Erich Kästner

Illustriert von Horst Lemke

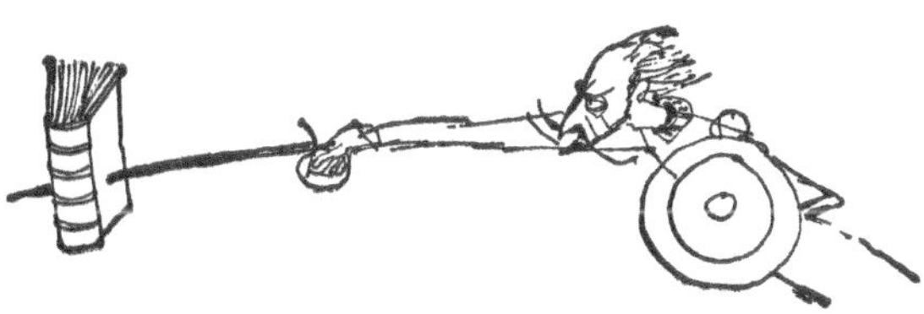

Atrium Verlag · Zürich

INHALT

VORWORT

Neulich fragte eine Illustrierte ihre Leser: »In welchem Zeitalter hätten Sie am liebsten gelebt?« Und die Antworten waren bunt wie ein Blumenstrauß. Ein Kolonialwarenhändler aus Schweinfurt teilte der Redaktion mit, dass er am liebsten, etwa um 500 vor Christi Geburt, ein alter Grieche gewesen wäre, und zwar, wenn sich's hätte einrichten lassen, Sieger bei den Olympischen Wettkämpfen. Statt mit Lorbeer gekrönt zu sein, müsse er nun in seinem Geschäft Lorbeer in Tüten verkaufen, für fremde Suppen, und das gefalle ihm viel weniger.

Eine gewisse Frau Brinkmann aus Lübeck schrieb, schon als Konfirmandin habe sie sich sehnlichst gewünscht, im 18. Jahrhundert gelebt zu haben, und zwar als Hofdame in Frankreich, mit weiß gepuderter Frisur und in weiten seidenen Reifröcken. Dann hätte sie den schönen Marschall Moritz von Sachsen geheiratet und nicht Herrn Brinkmann. Und Paris und Versailles seien viel hübscher als Lübeck und Travemünde. Sie könne das beurteilen, denn sie habe im vorigen Jahr eine achttägige Gesellschaftsreise nach Paris mitgemacht.

So hatte ein jeder Leser seinen eignen Kopf. Einer hätte gern als schwedischer Reitergeneral im Dreißigjährigen Kriege gelebt, ein andrer als chinesischer Mandarin, ein Dritter als Mundschenk der Königin Kleopatra von Ägypten. Nur Herr Pfannenstiel aus Barmen-Elberfeld schrieb:

»Ich, der Endesunterfertigte, möchte Herr Pfannenstiel aus Barmen-Elberfeld, Krumme Straße 7, Vertreter für Rasierklingen, sein und bleiben. Hochachtungsvoll Ihr sehr ergebener Willibald Pf.«

Willibald Pf. war mit seinem Los zufrieden.

Er war eine Ausnahme. So selten wie eine seltene Briefmarke.

Don Quichotte nun, dessen Abenteuer ich euch gleich erzählen werde, war ein armer spanischer Edelmann, der für sein Leben gern ein Ritter gewesen wäre. Ein Ritter in voller und blitzender Rüstung, mit Lanze, Schild und Schwert und auf einem feurigen Hengst. Obwohl es zu seiner Zeit, vor etwa dreihundertfünfzig Jahren, solche Ritter schon lange nicht mehr gab! Nun hätte das keinerlei Aufsehen erregt, wenn Don Quichotte seine Ritterträume hübsch für sich behalten und zu Hause im Lehnstuhl geträumt hätte. Doch so bequem machte er es sich und den anderen nicht! Er dachte nicht: Ach, wäre ich doch ein tapferer Ritter! Ach, könnte ich doch den Schwachen und Bedrängten helfen! Ach, hätte ich doch verwegene Feinde, um sie zu besiegen! Nein, er hielt gar

nichts von Wäre und Könnte und Hätte! Sondern er erhob sich aus seinem Lehnstuhl, schlug mit der Faust auf den Tisch und rief blitzenden Auges: »Ich bin ein Ritter! Ich habe Feinde! Und ich werde den Schwachen helfen!« Dann holte er die eiserne Rüstung seines Urgroßvaters vom Boden, putzte und kratzte den Staub, die Spinnweben und den Rost weg, reparierte den Helm und das Visier, kletterte in die Rüstung hinein, band den Helm fest, zog sein Pferd aus dem Stall, das so dürr war wie er selber, stieg ächzend hinauf, setzte sich zurecht und ritt davon.

Die Abenteuer, die er erlebte, hat Miguel de Cervantes aufgeschrieben, und er hat in dem Buch behauptet, schuld an Don Quichottes seltsamen Taten wären die zahllosen Ritterromane gewesen, die damals Mode waren und die er allesamt gelesen hätte. Das kann schon sein. Kürzlich wurde auf einem Münchner Standesamt ein junges Paar getraut, das dreihundertsieben Wildwestfilme gesehen hatte. Sie kamen zu Pferde, mit Colts und Lassos, in Cowboytracht, und der Standesbeamte fiel in Ohnmacht. Immerhin wussten die jungen Eheleute noch, dass sie eigentlich Bachmayer hießen und dass der Herr

Gemahl wochentags nicht über die Prärie reiten, sondern in Schwabing die Gaszähler prüfen musste.

Bei Don Quichotte lag das anders. Er war beim Lesen übergeschnappt! (Na, euch kann das ja nicht passieren!)

EINE SCHLÄGEREI UND DER RITTERSCHLAG

Die Haushälterin und deren Nichte suchten ihren Herrn und Gebieter wie eine Stecknadel. Und als sie ihn nicht finden konnten, holte die Nichte seine Freunde, den Pfarrer und den Barbier, herbei, und nun suchten sie zu viert. Doch sie fanden nur, dass auch das Pferd verschwunden war. Da begannen sie sich Sorgen zu machen und zu warten. Doch sie warteten vergeblich.

Inzwischen ritt Don Quichotte auf seiner dürren Rosinante über staubige Straßen und an Feldern und Olivenhainen vorbei, der Stadt Sevilla und seinen zukünftigen Abenteuern entgegen. Keine Wolke stand am tiefblauen Himmel. Die Sonne brannte. Und das Gras roch versengt. Ross und Reiter hatten schrecklichen Durst. Aber nirgends floss ein Bach und nirgends stand ein Wirtshaus. Nicht einmal den Helm konnte Don Quichotte ab-

nehmen. Denn er hatte ihn mit Bändern unterm Kinn fest zugeknotet, und nun konnte er die Knoten nicht wieder aufknüpfen! Der Schweiß brannte ihm in den Augen und lief ihm unterm Harnisch den Rücken hinunter, doch er biss die Zähne zusammen und dachte: Ein rechter Ritter darf nicht murren.

Plötzlich zuckte er vor Schreck zusammen und rief laut: »Ich bin ja noch gar kein Ritter!« Da erschrak auch das Pferd und galoppierte zehn Minuten lang, als sei es von einer Hummel gestochen worden. Dann blieb es, mit heraushängender Zunge, stehen. »Ich bin ja noch

gar kein Ritter«, wiederholte Don Quichotte betrübt. »Mir fehlt ja noch der Ritterschlag!« Doch seine Betrübnis wurde nicht alt. Er warf den Kopf zurück, dass der reparierte Helm schepperte, und sagte stolz zu sich selber: »Der erste Mann, der mir begegnet, soll mich zum Ritter schlagen!«

Der erste Mann, der ihm begegnete, war ein dicker Wirt, der mit ein paar Eseltreibern und zwei Kellnerinnen vor seiner Kneipe saß. Das war eine dürftige Spelunke. Doch Don Quichotte hielt sie für ein altes Kastell, den Wirt für den Burgherrn und die Kellnerinnen für Schlossfräulein. Als man ihm vom Gaul geholfen hatte, kniete er vor dem Wirt nieder und bat diesen, ihn feierlich zum Ritter zu schlagen, da er vorher weder die Armen verteidigen noch die Bösen zerschmettern dürfe. Der Wirt, der nicht wusste, ob er lachen oder sich fürchten sollte, sagte Ja und Amen. Man müsse aber, fügte er hinzu, bis zum nächsten Sonnenaufgang warten, das sei beim Ritterschlag üblich. Und der Kandidat müsse die Nacht über seine künftigen Waffen bewachen. Möglichst in einer Kapelle. Nun habe er zwar keine Kapelle, aber der Burghof eigne sich genauso gut. »Burghof«, sagte er, weil der seltsame Gast das Wirtshaus ja für eine Burg hielt. Don Quichotte war einverstanden, erhob sich von seinem Kniefall und setzte sich zu Tisch. Es gab Stockfisch, hartes Brot und sauren Wein, und die Kellnerinnen wollten ihm den Helm abnehmen. Doch auch sie brachten die Knoten nicht auf. Und so mussten sie den künftigen Ritter, der den Mund nur einen Spalt öffnen konnte, bissenweise füttern, und den Wein trank er durch einen Strohhalm.

Nachts ging er dann im Hof wachsam auf und ab. Den Harnisch und den Helm hatte er behutsam auf den Viehtrog neben dem Brunnen gelegt. Die Lanze hielt er aber im Arm, und das war gut so. Denn ein paar Stunden später kamen zwei Eseltreiber zum Brunnen, um ihre Maultiere zu tränken. Da sie den Trog mit Wasser füllen wollten, warfen sie den Harnisch und den Helm achtlos auf die Erde. Das hätten sie nicht tun sollen! Schon war Don Quichotte zur Stelle und schlug ihnen mit der Lanze über den Kopf. Sie fielen um und schrien wie am Spieß. Der Wirt sprang aus dem Bett, rannte in den Hof hinunter, sah die Bescherung und rief: »Es ist so weit, edler Herr! Kniet nieder! Die Sonne geht auf!«

Da stieg Don Quichotte in seine Rüstung, kniete nieder und ließ sich von dem dicken Wirt, der dabei allerlei murmelte und ihm mit dem Schwert auf die Schulter klopfte, zum Ritter schlagen. Ihm war sehr feierlich zumute. Anschließend bedankte er sich tausendmal, nahm seine Waffen, stieg auf die Rosinante und ritt, vom Gelächter der Kellnerinnen und von den Flüchen der Eseltreiber begleitet, aus dem Tor. Endlich war er ein richtiger Ritter!

DAS ABENTEUER AM KREUZWEG

Wieder brannte die Sonne auf die spanische Hochebene. Rosinante trabte unermüdlich dahin. Denn sie befand sich seit Stunden auf dem Heimweg. Sie wollte in ihren Stall zurück.

Aber Don Quichotte merkte das nicht. Er suchte in Gedanken nach einer edlen Dame, die er verehren und in deren Namen er kämpfen wollte. Schließlich fiel ihm Aldonza Lorenzo ein. Das war ein hübsches, strammes Bauernmädchen aus dem Nachbardorf, und er war einmal in sie verliebt gewesen. Nur ihr Name war ihm nicht prächtig und fürstlich genug. Und er grübelte, wie sie heißen solle. Am besten gefiel ihm, nach längerem Hin und Her: Dulzinea von Toboso. Das klang herrlich! Und so gab er dem Gaul die Sporen, galoppierte über die Landstraße und rief wieder und wieder: »Dulzinea von Toboso ist die schönste und vornehmste Dame

Spaniens!« Unter diesem Rufe kam er an einen Kreuzweg, wo gerade sechs Reiter mit ihren Dienern und Maultiertreibern hielten. Es waren wohlhabende Kaufleute aus Toledo, und sie wollten nach Murzia, um dort Seide einzukaufen. »Dulzinea von Toboso ist die schönste und vornehmste Dame Spaniens!«, rief Don Quichotte. »Gebt Ihr das zu?« Da sagte der eine Kaufmann: »Wir kennen sie ja gar nicht, Eure Dulzinea!« Ein andrer sagte: »Zeigt uns ihr Bild! Vorher geben wir überhaupt nichts zu!« Und der dritte meinte spöttisch: »Vielleicht schielt sie und hat Zahnlücken!« Und alle lachten.

Das war für Don Quichotte zu viel. »Das sollt ihr büßen!«, donnerte er, legte seine Lanze ein und sprengte auf die Herren los. Es hätte recht übel ausgehen können. Doch auf halbem Wege stolperte sein Gaul und fiel, samt dem Ritter, mitten auf die Straße. Don Quichotte wollte aufstehen und zu Fuß für seine Dame kämpfen. Aber die Rüstung, der Schild, die Lanze und der Helm waren zu schwer. Und schon waren die Maultiertreiber über ihm, zerbrachen die Lanze, jeder nahm ein Stück davon, und dann prügelten sie auf ihn ein, dass ihm Hören und Sehen verging.

Als der arme Ritter wieder zu sich kam, waren die andern über alle Berge. Die Knochen taten ihm weh, und er stöhnte und ächzte zum Steinerweichen. Zum Glück ritt ein Bauer auf seinem Esel vorüber, half dem Pferd auf die Beine, erkannte Don Quichotte, setzte ihn behutsam auf den Esel und lieferte Ross und Reiter vor dessen Hause ab.

Es war schon dunkel, und die Haushälterin und die Nichte, der Pfarrer und der Barbier waren froh, den Ausreißer wieder daheim zu haben. Er war braun und blau am ganzen Körper. Sie steckten ihn ins Bett und machten ihm kalte Umschläge. Er berichtete, dass er mit zehn gewaltigen Riesen gefochten hätte. Doch sie glaubten ihm nicht recht und gaben ihm Kamillentee zu trinken.

DER KAMPF MIT DEN WINDMÜHLEN

Vierzehn Tage musste der Ritter das Bett hüten, und die Haushälterin dachte schon, er habe von seinen Abenteuern genug. Doch eines schönen Morgens war er wieder verschwunden! Aber diesmal nicht nur er und das Pferd, sondern auch sein Nachbar Sancho Pansa, ein verheirateter Bauer, mit einem Esel. Sancho Pansas Frau kam, samt den Kindern, zu Don Quichottes Haushälterin und der Nichte gelaufen, und sie weinten und schimpften durcheinander, dass das Haus widerhallte.

Was, um alles in der Welt, war Sancho Pansa eigentlich eingefallen, den verrückten Ritter zu begleiten? War denn auch in seinem Bauernschädel etwas nicht ganz in Ordnung? Nun, verrückt war der kleine, dicke Bauer nicht, aber er war, offen gestanden, ziemlich dumm. Und als ihm Don Quichotte erzählt hatte, er wolle Provinzen, Inseln und Königreiche erobern und ihn, den Knap-

pen und Stallmeister, zum Grafen oder Herzog machen, wenn nicht gar zu einem König, da hatte der kleine Dicke nicht widerstehen können.

Wie sie so dahinritten, sagte Sancho Pansa nachdenklich: »Ein König wäre ich ja recht gerne. Doch dann würde meine Frau eine Königin, und ich glaube, das liegt ihr nicht. Für so einen Posten ist sie nicht fein genug. Macht mich zu einem Grafen. Dann wird sie eine Gräfin. Das kriegt sie vielleicht hin.« »Sei nicht so bescheiden!«, antwortete der Ritter. »Man muss Großes wollen! Ich mache dich mindestens zum Gouverneur, und damit basta!« »Na schön«, meinte Sancho Pansa, »macht mich zum Gouverneur und meine Frau zur Gouverneuse! Das Gouvernieren werden wir schon lernen!« Damit schnallte er den Weinschlauch vom Sattel seines Esels los und trank einen kräftigen Schluck.

Gegen Abend näherten sie sich einem Hügel, auf dem dreißig bis vierzig Windmühlen standen. Da stellte sich Don Quichotte in die Steigbügel und rief: »Siehst du die Riesen auf dem Hügel?« Sancho Pansa kaute gerade etwas Brot und Schinken und sagte: »Riesen? Auf dem Hügel? Ich sehe nur Windmühlen!« »Riesen!«, rief der Ritter. »Und jeder hat vier Arme!« »Nein«, sagte der Stallmeister kauend. »Es sind Windmühlen, und jede hat vier Flügel!« Doch da legte sein Herr und Gebieter auch

schon die neue Lanze ein, rief zum Hügel »Im Namen der Dame Dulzinea von Toboso, ergebt euch!« und gab Rosinante die Sporen.

Als Don Quichotte die erste Windmühle erreicht und die Lanze voller Wucht in einen Windmühlenflügel gebohrt hatte, kam plötzlich ein Wind auf. Die Flügel begannen sich zu drehen. Die Lanze zersplitterte. Und Ross und Reiter flogen in hohem Bogen durch die Luft und ins Feld. Dort blieben beide liegen, als hätten sie sämtliche Knochen gebrochen! Sancho Pansa trabte erschrocken näher und rief schon von Weitem: »Habt Ihr große Schmerzen?« Da setzte sich Don Quichotte mühsam auf und sagte stolz: »Ritter haben keine Schmerzen. Und wenn sie doch einmal welche haben, klagen sie nicht.« »Wie gut, dass ich kein Ritter bin!«, rief der kleine Dicke und half den beiden auf die Beine.

Als sie schließlich weiterritten, hing der Ritter schief und krumm im Sattel, und der Gaul humpelte und kam kaum vom Fleck. Weil es außerdem dunkel wurde, beschlossen sie zu kampieren und ließen sich in einem Steineichenwald nieder. Sancho Pansa aß und trank wieder, legte sich um und schnarchte, dass die Wipfel zitterten. Don Quichotte aß nichts, trank nichts und schlief nicht. Nachdem er einen kräftigen Zweig von einem der Bäume abgerissen und ihn als Lanze zurechtgeschnitzt hatte, saß er noch lange wach, grämte sich über seine Niederlage und träumte von neuen, aber erfolgreicheren Taten.

EIN HALBES OHR UND EIN HALBER HELM

Ein paar Tage später näherten sie sich dem Meer. Schon von Weitem erblickten sie den Hafen Lapice in der blauen Bucht, und Don Quichotte meinte hoffnungsfroh, hier an der Küste fände seine selbst geschnitzte Eichenlanze gewiss lohnende Ziele. »Nur eines musst du streng beachten«, sagte er hoheitsvoll zu Sancho Pansa. »Du darfst, da du kein Ritter bist, nicht mit Rittern kämpfen, sondern nur mit Stallmeistern und Knappen!« »Machen Sie sich deswegen keine Sorgen!«, antwortete der kleine Dicke. »Ich werde mich weder mit Rittern noch mit Stallmeistern prügeln. Denn ich bin ein friedlicher Mensch. Ich werde höchstens wütend, wenn man mich nicht in Ruhe lässt.« »Du darfst mir, weil ich ein Ritter bin, nicht einmal zu Hilfe kommen!«, fuhr sein Herr und Gebieter fort. »Auch dann nicht, wenn ich in Bedrängnis gerate!«

»Ganz wie Sie wünschen«, sagte Sancho Pansa. »Ich bin ein friedlicher Mensch.«

Gegen Mittag begegneten sie einer größeren Karawane. Vorneweg ritten zwei Pater vom Benediktinerorden auf Maultieren. Nebenher liefen ein paar Treiber. Und dahinter folgte, von Reitern begleitet, eine Kutsche, worin eine schöne Dame mit ihrer Zofe saß. Die Dame reiste nach Sevilla, um dort ihren Gemahl zu treffen, der vom spanischen König nach Westindien geschickt werden sollte.

»Siehst du die zwei Zauberer?«, fragte Don Quichotte aufgeregt. »Nein«, sagte Sancho Pansa, »ich sehe zwei Benediktiner.« »Zauberer sind es!«, rief der Ritter. »Und sie entführen in der Kutsche eine Prinzessin!« »Ach wo!«, sagte sein Begleiter. »Das bilden Sie sich nur ein!« Doch ehe er ausgesprochen hatte, sprengte Don Quichotte schon auf die verdutzte Gruppe los. Der erste Pater fiel vor Schreck vom Esel. Der andre ritt ins Feld. Die Damen in der Kutsche schrien um Hilfe. »Ich komme ja schon!«, rief Don Quichotte. »Ich befreie Sie!« Er zog sein Schwert und hielt den Schild vor die Brust. Einer der Reiter hob den Degen und benutzte ein Kutschkissen als Schild. Und schon klirrten die Waffen.

Sancho Pansa versuchte inzwischen, dem Pater, der am Boden lag, die Kleider auszuziehen, um sie als Beute zu behalten. Die Eseltreiber fielen über ihn her. Die Damen weinten laut. Don Quichotte und sein Gegner schlugen aufeinander ein, dass die Luft zitterte. Der

Schild splitterte. Aus dem Kissen flogen die Federn. Die Schwerter verbogen sich. Und mit einem Male fielen ein halber Helm und Don Quichottes halbes Ohr auf die Straße. Das machte den Ritter nur noch wütender, und er gab nicht eher Ruhe, bis der Gegner blutend und erschöpft vom Pferde fiel. Don Quichotte setzte ihm den Degen auf die Brust und ließ ihn und die Dame und die Zofe und die Reiter und die Pater und die Treiber feierlich schwören, sich auf der Stelle nach Toboso zu begeben und dem Fräulein Dulzinea zu berichten, wie heldenhaft ihr Ritter gekämpft habe. Die anderen schworen in ihrer Herzensangst alles, was er hören wollte, und machten sich schleunigst aus dem Staube. Sie fuhren und ritten aber ganz und gar nicht nach Toboso, sondern nach Sevilla, ihrem Reiseziele.

Während Sancho Pansa Don Quichottes halbes Ohr mit Salbe bestrich und dann bandagierte, sagte er gutmütig: »Ritterschaft ist ein anstrengender Beruf, gnädiger Herr. Kämpfen Sie doch, bitte, etwas weniger als bisher! Ich brauche kein Königreich. Strengen Sie sich nicht so an! Eine Grafschaft mittlerer Größe genügt mir.«

DAS VERHEXTE WIRTSHAUS

Doch auch weiterhin litten sie an Abenteuern keinen Mangel. Wer sich einbildet, ein Ritter zu sein, obwohl es keine Ritter mehr gibt, der erlebt sein blaues Wunder an jeder Straßenecke. Einmal befreite Don Quichotte ein Dutzend gefesselter Galeerensträflinge, weil er sie für bedauernswerte und zu Unrecht verhaftete Bürgersleute hielt. Ein andermal, mitten in der Nacht, überfiel er, weil er ein dunkles Verbrechen vermutete, eine Schar frommer Mönche, die einen Sarg zum nächsten Friedhof trugen. Und wieder ein andres Mal verwechselte er eine Hammelherde mit feindlichen Truppen und spießte mit seiner Lanze sieben Schafe auf.

Wer Schläge austeilt, kriegt auch Schläge. Er und Sancho Pansa hatten überall gelbe, blaue und grüne Flecke.

Sie hinkten und hatten Beulen. Und beiden zusammen fehlten neun Backenzähne. Auch Rosinante und

der Esel waren strapaziert und ruhebedürftig. Und so beschloss man, ein paar Tage in einem Wirtshause zu bleiben, das am Weg lag. Auch diese Schenke hielt er für eine Burg! Und weil von der Decke seiner Kammer riesige Weinschläuche aus gegerbten Ochsenhäuten herabhingen, träumte er schon in der ersten Nacht, die Burg sei verzaubert und verhext, und Riesen und Zauberer kämen in die Kammer, um ihn umzubringen. Da packte er den Degen, sprang mit einem Satz aus den Federn und hieb und stach auf die prallen Ochsenhäute ein, dass der Rotwein aus allen Löchern und Nähten spritzte. Sancho Pansa, der Wirt und ein paar Gäste wurden von dem Getöse geweckt, zündeten Kerzen an, gingen dem Lärme nach, rissen die Kammertür auf und erstarrten vor Schreck. Der Fußboden war rot. Der Ritter war rot. Sein Bett war rot. »Hilfe!«, schrie Sancho Pansa. »Mein Herr wird ermordet!« Denn er und die Gäste glaubten, der rote Wein sei Blut. Nur der Wirt wusste es besser und begann zu zetern. »Mein schöner, guter, teurer Rotwein!«, rief er wütend und wollte dem Ritter in den Arm fallen. Doch der focht wie der Teufel und stieß immer neue Löcher in die Weinschläuche. Erst als sie bis auf den letzten Tropfen leer gelaufen waren, konnte man Don Quichotte mühsam zu Bett bringen.

Während die Gäste in ihre Zimmer zurückgingen, sagte der eine: »Ich habe es deutlich gesehen – der Ritter kämpfte mit geschlossenen Augen! Vielleicht ist er ein Schlafwandler?« »Nicht dass ich wüsste«, gab Sancho Pansa zur Antwort. »Er war nur müde.« »Menschen, die

müde sind, fechten nicht«, meinte ein andrer. Da sagte Sancho Pansa stolz: »Wir schon!« Der Wirt aber jammerte in seiner Stube, bis der Morgen graute.

DER RITTER ZWISCHEN HIMMEL UND ERDE

Don Quichotte war davon nicht abzubringen, dass die Weinschläuche Riesen und Zauberer gewesen seien und dass er viel eher Lob als Vorwürfe verdiene. Schließlich gab Sancho Pansa dem Wirt für den vergossenen Rotwein heimlich ein paar Goldstücke, und somit waren alle zufrieden. Der Wirt hatte sein Geld. Der Ritter hatte seine Riesen und Zauberer. Und die Gäste hatten ihren Spaß.

So waren alle damit einverstanden, als Don Quichotte am nächsten Abend verkündete, die Burg müsse des Nachts bewacht werden und er selber wolle die erste Nachtwache übernehmen. Er werde gut aufpassen, dass sich nicht neue Riesen und Zauberer ins Schloss schlichen, um die gestrigen zu rächen.

Als es dunkel wurde, nahm er die Lanze, stieg aufs

Pferd und postierte sich im Hof. Pferd und Reiter rührten sich nicht und sahen aus wie ein Denkmal.

Als die anderen schliefen, kletterten Maritorne, das Dienstmädchen, und die Tochter des Wirts kichernd auf den Heuboden, dessen Luke zum Hof hinaus ging. Dann riefen sie Don Quichotte herbei und erzählten ihm, flüsternd und mit verstellter Stimme, eine abenteuerliche Geschichte. »Ich bin das Burgfräulein«, wisperte die Wirtstochter, »und, ach, Herr Ritter, ich liebe Euch!« »Der Burggraf, ihr strenger Vater, hat sie deshalb hier oben eingesperrt«, flüsterte Maritorne. »Helft mir in den Burghof!«, bat die Wirtstochter. »Hebt mich auf Euer Ross und reitet mit mir davon!« »Sie wird Euch bis ans Ende der Welt folgen«, versicherte das Dienstmädchen. »Und wenn auf Eurem Pferd noch ein dritter Platz frei ist, komm auch ich mit!«

Don Quichotte wurde angst und bange. Er sagte: »Eure Liebe ehrt mich, edles Fräulein, aber meine Dame ist Dulzinea von Toboso, und ihr bin ich treu!« Da begann die Wirtstochter zu weinen. Und Maritorne bat: »So gebt ihr wenigstens die Hand zum Abschied!« »Die Hand, die ich so liebe!«, seufzte die Wirtstochter kläglich. Da stieg

der Ritter tatsächlich auf Rosinantes Sattel und steckte seine Hand in die Bodenluke. Darauf hatten die zwei Mädchen nur gewartet! Sie warfen eine feste hänfene Schlinge über die Hand, banden das Ende des Stricks an einen Dachbalken und rannten lachend in ihre Betten.

Nun stand Don Quichotte also auf seinem Pferd, hatte die Hand in der Schlinge und konnte nicht vor und nicht zurück! Zum Glück war der Gaul müde und verschlafen und rührte sich nicht von der Stelle. Aber die Stunden vergingen langsam. In der Ferne schlugen die Turmuhren. Die Nacht ließ sich viel Zeit. Und dem Ritter taten die Knochen weh. Er stand und stand und stand und brachte die Hand nicht aus der Schlinge. Die Sonne ging auf. Die Vögel sangen. Don Quichotte stand und konnte sich nicht rühren.

Gegen Morgen sprengten vier Reiter in den Hof. Sie und ihre vier Pferde hatten Hunger und Durst, und die Männer riefen laut nach dem Wirt. Plötzlich bemerkten sie den Ritter, der in voller Rüstung, mit erhobner Hand und mit dem Gesicht zur Wand auf der Rosinante stand, und sie wunderten sich sehr. Auch eins ihrer vier Pferde wunderte sich und trabte näher. Da drehte sich

Rosinante neugierig um, tat einen Schritt zur Seite – und schon hing Don Quichotte zwischen Himmel und Erde, in der Luft!

Er hing in der Luft und schrie wie am Spieße, weil der Strick nicht nachgab und der Arm und die Hand aus den Gelenken gesprungen waren. Maritorne, das Dienstmädchen, lief rasch auf den Heuboden und schnitt den Strick vom Balken. Im gleichen Augenblick fiel der Ritter krachend mitten in den Hof. Man hob ihn auf, trug ihn ins Bett und renkte ihm die Knochen wieder ein. Dann wollten alle wissen, wie er denn in die Schlinge und in die Luft geraten sei. Aber er sagte nur, dass ihn gefährliche Zauberer an den Strick gehext hätten. Und mehr war aus ihm nicht herauszubringen.

DIE HEIMREISE IM KÄFIG

Mittlerweile wurden er und der kleine Dicke eifrig gesucht. Erstens vom Pfarrer und vom Barbier, ihren Freunden aus dem Heimatdorfe, und zweitens von der Polizei. Und weil außer Don Quichotte in ganz Spanien kein anderer Mann als Ritter umhergeritten war, fand man die beiden bald. Mit dem ausgerenkten Arm ging es wieder besser, und sie saßen vorm Gasthaus und ließen sich von der Sonne bescheinen. Über das Wiedersehen mit dem Pfarrer und dem Barbier freuten sie sich bis zu einem gewissen Grade, obwohl sie lieber unentdeckt geblieben wären. Aber über die Ankunft der Polizisten freuten sie sich gar nicht. Wer freut sich schon, wenn ihn die Polizei sucht und findet!

Man wollte ihn und Sancho Pansa verhaften! Denn sie hätten Galeerensträflinge befreit, sieben Hammel getötet, Eseltreiber verprügelt, reisende Damen belästigt,

Kaufleute überfallen, eine Windmühle beschädigt, einen Trauerzug samt Sarg demoliert – kurz, die Polizei wusste recht gut Bescheid, und der Polizeihauptmann verlas eine lange Liste von schlimmen Anklagen. Da kam er aber bei Don Quichotte an die falsche Adresse! »Was fällt Euch ein?«, rief der Ritter. »Ich habe Riesen besiegt, Prinzessinnen befreit, Armen geholfen, Zauberer vernichtet und feindliche Armeen in die Flucht geschlagen! Der König sollte mir eine Provinz schenken, statt Euch zu schicken! Oh, Undank ist der Welt Lohn!« Da betrachtete ihn der Hauptmann lange, und dann sagte er: »Ihr seid ja verrückt!« Als er das gesagt hatte, nahm ihn der Pfarrer beiseite und redete leise auf ihn ein. »Ihr habt ganz recht, Herr Hauptmann«, meinte er bekümmert, »mein Freund ist ein bisschen verrückt.« »Ein bisschen?«, fragte der Hauptmann ärgerlich. »Ein bisschen sehr!« Der Pfarrer sagte: »Ob nun ein bisschen verrückt oder ein bisschen sehr – das ist kein Grund, ihn ins Gefängnis zu stecken!« »Wieso denn nicht?«, meinte der Hauptmann. »Wenn jemand eine Hammelherde überfällt und sieben Schafe tötet, so ist es unwichtig, ob das ein Räuber oder ein Verrückter tut. Sieben tote Schafe sind sieben

tote Schafe. Und Euer Freund hat mehr als sieben tote Schafe auf dem Gewissen. Er ist gemeingefährlich, und man muss ihn einsperren. Basta!«

»Überlassen Sie ihn mir!«, bat der Pfarrer. »Ich bringe ihn nach Hause, und wir werden ihn nicht aus den Augen lassen. Er war ja nicht immer verrückt! Und vielleicht wird er daheim bei guter Pflege und strenger Aufsicht wieder normal!« »Und wenn er Euch unterwegs davonläuft?«, fragte der Hauptmann. »Er wird mir nicht davonlaufen«, antwortete der Pfarrer. »Ich verpfände Euch mein Wort!«

So kam es, dass sich am nächsten Tag ein seltsamer Zug heimwärts bewegte: Auf einem Ochsenkarren stand

ein hölzerner Käfig. In dem Käfig saß, auf Strohbündeln und mit gebundenen Händen, Don Quichotte. Und daneben ritten der Pfarrer, der Barbier und Sancho Pansa und gaben acht, dass der Ritter in seinem Käfig sitzen blieb. Um es kurz zu machen: Er blieb sitzen und fand die seltsame Heimreise sogar interessant! (Bei Verrückten soll sich einer auskennen!)

Als sie zu Hause angekommen waren, brachten sie Don Quichotte in sein Studierzimmer und sperrten ihn dort ein. Die Haushälterin und deren Nichte machten es ihm bequem, bedauerten ihn und brachten ihn gleich zu

Bett. Dann ging Sancho Pansa zu seiner Frau und seinen Kindern und gab ihnen einen Kuss. »Was hast du mir mitgebracht?«, fragte nach dem Kuss Frau Pansa. »Einen großen Hunger«, sagte ihr Mann und setzte sich zu Tisch. »Sonst nichts?«, fragte die Frau und war sehr enttäuscht. »Das nächste Mal wird's besser«, meinte er. »Das nächste Mal kriegst du eine Insel, oder du wirst Gouverneuse.« »Was soll ich denn mit einer Insel?«, fragte Frau Pansa. »Dafür ist unser Haus doch viel zu klein! Und was ist eine Gouverneuse?« »Die Frau eines Gouverneurs!« »Und was ist ein Gouverneur?« »Der Mann einer Gouverneuse!« Da sagte Frau Pansa: »Aha! So ist das!«

WASSERBURG UND WELLENBAD

Einige Zeit ging alles gut. Don Quichotte blieb zu Hause, ließ sich mästen, schlief viel und kam langsam wieder zu Kräften. Sancho Pansa besuchte ihn täglich. Sie steckten die Köpfe zusammen, tuschelten miteinander, zwinkerten sich zu – und eines schönen Tages waren sie wieder verschwunden!

Diesmal wollten sie nach Saragossa. Weil sie gehört hatten, dass dort, am Tag des heiligen Georg, ein großes Turnier stattfinden werde. Daran wollte Don Quichotte selbstverständlich teilnehmen und als Sieger gekrönt werden. Deshalb hatte er sich auch geschworen, unterwegs keinerlei Abenteuer zu suchen. Denn er wollte pünktlich in Saragossa eintreffen. Doch die Abenteuer liefen ihm nach. Er suchte sie nicht. Aber sie fanden ihn. Und er brachte es nicht fertig, ihnen auszuweichen.

So begegneten sie zum Beispiel drei Löwen, die der

General von Oran dem spanischen König als Geschenk schickte. Die Löwen lagen in Käfigen, und der Ritter hätte vorüberreiten können. Doch das ließ sein Mut nicht zu. Er zwang die Soldaten, den Käfig des größten Löwen zu öffnen. Weil er sie mit seiner Lanze bedrohte, gehorchten sie, liefen zitternd ins Feld und erwarteten Schreckliches. »Komm heraus, König der Wüste!«, rief Don Quichotte und kitzelte den großen Löwen mit der

Lanze. »Lass sehen, wer stärker ist!« Aber der Löwe wandte nur den mächtigen Kopf, blinzelte ein wenig, gähnte und schlief weiter. Er war zu müde, um sich zu ärgern. Und weil der Ritter wenig Zeit hatte, zog er mit Sancho Pansa unverrichteter Sache weiter.

Tags darauf stieg er angeseilt in die Höhle des Montesinos hinunter, wo vor ihm noch kein Mensch gewesen war, und als er nach Stunden wieder herauskam, erzählte er erstaunliche Dinge, die ihm unter der Erde zugestoßen seien. Sancho Pansa tat das Klügste, was er tun konnte: Er glaubte jedes Wort. – Und am Abend, als sie ein wanderndes Marionettentheater besuchten, griff Don Quichotte mit gezogenem Schwert in die Schlacht ein, die auf der Bühne stattfand! Er schlug alles kurz und klein: die Puppen, die Dekorationen und den Samtvorhang! Die Zuschauer liefen vor Schreck davon, und der Theaterdirektor brachte eine lange, lange Rechnung, die Sancho Pansa zähneknirschend bezahlte. Sonst, sagte der Direktor, werde er die Polizei holen. Und auf Polizisten waren der dürre Ritter und der kleine dicke Stallmeister ganz und gar nicht neugierig.

Im Verlauf ihrer Reise nach Saragossa erreichten sie

schließlich den Fluss Ebro und fanden am Ufer ein einsames Fischerboot. »Siehst du die Barke?«, fragte der Ritter. »Nein«, antwortete Sancho Pansa, »ich sehe ein Fischerboot, nichts weiter.« »Die Barke schickt uns ein Zauberer, damit wir sie besteigen und einen gefangenen König oder eine Prinzessin befreien!« Dem kleinen Dicken half kein Sträuben. Sie banden Pferd und Esel an eine Weide, kletterten in das Boot und trieben auf den Fluss hinaus. Und der Esel am Ufer schrie kläglich.

Da sie keine Ruder bei sich hatten, machte die Strömung mit dem Boot, was sie wollte. Und weil in der Nähe eine Wassermühle mit ihren Schaufelrädern arbeitete, geriet das Boot unaufhaltsam in den Sog des Mühlwassers. Don Quichotte rief: »Siehst du die Wasserburg?«, sprang auf, dass das Boot fast gekentert wäre, und zog sein Schwert. »Es ist eine Mühle«, sagte Sancho Pansa, »und wir werden unter die Räder kommen!«

Inzwischen waren die Müller mit langen Stangen und Rudern vor die Mühle gelaufen, um das Boot, wenn es den Schaufelrädern zu nahe käme, zurückzustoßen. Die Müller hatten vom Mehl weiße Gesichter und sahen wie Gespenster aus. Don Quichotte fuchtelte mit dem

Schwert und rief: »Gebt Eure Gefangenen frei! Den König oder die Prinzessin oder wer es sonst ist!« Und schon schlug er wie ein Besessener auf die Ruder und Stangen los, mit denen die Müller das Boot vor dem reißenden Strudel bewahren wollten. Dabei kenterte das Boot. Der Ritter und der kleine Dicke fielen ins Wasser. Und sie wären wie die Mäuse ertrunken, wenn nicht ein paar Fischer gekommen wären, die das gestohlene Boot suchten. Sie zogen die zwei Schiffbrüchigen aus dem Wasser und mussten zusehen, wie Don Quichottes Barke unter die Schaufelräder der Mühle geriet und zu Kleinholz verarbeitet wurde. Wieder musste Sancho Pansa die Reisekasse zücken. Die Fischer ließen sich das Boot teuer bezahlen. Erst dann brachten sie das seltsame Paar ans Ufer zurück, wo Pferd und Esel geduldig an der Weide warteten.

»Ich schäme mich«, sagte der Ritter, »denn wir haben den König oder die Prinzessin, oder wer es sonst war, nicht befreien können.« »Ich schäme mich auch«, sagte Sancho, »denn wir haben Ihr schönes Geld zum Fenster hinausgeworfen.« Dann legten sie ihre Kleider, den

Harnisch und sich selber zum Trocknen in die Nachmittagssonne. Sancho Pansa schlief ein und träumte, er habe seinen Herrn verlassen und reite eiligst nach Hause. Man träumt mitunter, was man tun möchte, aber in Wirklichkeit nie täte.

DER FLUG
AUF DEM HÖLZERNEN PFERD

Und noch immer nicht waren sie in Saragossa! Und schon wieder kam ihnen etwas in die Quere! Mitten in einem Walde trafen sie eine fürstliche Jagdgesellschaft, und der Herzog, dem der Wald und viele Dörfer und ein prächtiges Schloss gehörten, lud die zwei ein, für einige Zeit seine Gäste zu sein. Und als auch noch die Herzogin darum bat, wäre es unhöflich gewesen, Nein zu sagen.

So blieben sie also im Schloss, aßen an der herzoglichen Tafel und mussten alle ihre Abenteuer erzählen. Dem Herzogpaar und dessen Verwandten und Bekannten gefiel das großartig, und oft lachten sie so sehr, dass sie nicht weiteressen konnten. Nur der Pfarrer ärgerte sich grässlich, und am dritten Abend sagte er, rot vor Zorn: »Ich habe genug davon, Herr Herzog, dass zwei Verrückte lauter Unsinn erzählen und Ihr darüber lacht!

Wenn die beiden Kerle wieder fort sind, könnt Ihr mir einen Boten schicken! Bis dahin bleib ich in meinem Pfarrhaus! Gute Nacht!« Damit stand er auf und ging.

Seitdem war es nur noch lustiger im Schloss. Die Herzogin, der Herzog und die anderen Adeligen taten, als ob auch sie, genau wie Don Quichotte, an Riesen, Zauberer, Gespenster und fahrende Ritter glaubten, und konnten nicht genug darüber hören. Früher hatten sie oft Langeweile gehabt. Jetzt verflog ihnen die Zeit im Flug, und sie hatten nur eine Sorge: Don Quichotte könne sie verlassen. Eines Tages war es so weit. Er verneigte sich vor dem Herzogpaar und sagte: »Nun hab ich Euch alle meine Abenteuer berichtet, und auch über Riesen und Zauberer hab ich Euch alles erzählt, was ich weiß. Drum lasst mich und meinen Stallmeister ziehen, damit wir in Saragossa und anderswo neue Abenteuer bestehen.« »Ihr bleibt!«, rief da der Herzog. »Abenteuer gibt es nicht nur in der Ferne!« »Wenn es Abenteuer auch in der Nähe gibt«, sagte der Ritter, »dann bleiben wir noch ein wenig, Herr Herzog.«

Da rief der Herzog seine Freunde zusammen, und sie dachten sich eine unglaubliche Geschichte aus, mit der sie den Ritter überraschen und sich unterhalten wollten. Das war die Geschichte von den bärtigen Frauen, dem Zauberer Malambruno und dem Pferd Zapfenholz! Und schon am nächsten Abend setzte man das Abenteuer in Szene.

Während des Essens erschienen plötzlich mehrere Frauen mit Bärten und Haaren im Gesicht! Sie weinten, warfen sich zu Boden und baten um Hilfe. Der Riese und Zauberer Malambruno habe ihnen Bärte ins Gesicht gehext, sie aus ihrer Heimat, dem Königreich Candaya, vertrieben und geschworen, sie von den abscheulichen Haaren nur zu befreien, wenn sie den tapferen Ritter Don Quichotte fänden und dieser mit ihm, dem Zauberer, kämpfen wolle. Da sprang Don Quichotte auch schon auf und rief: »Ich will! Wo ist dieser Malambruno? Und wo ist mein Schwert?« Da antwortete die vornehmste der bärtigen Damen: »Ihr seid wahrlich Eurem Ruhme gleich! Noch heute wird Malambruno sein hölzernes Pferd durch die Lüfte schicken, damit es Euch und Euren Stallmeister zum Zweikampf in sein Reich bringt!« »Das ist nichts für meines Vaters Sohn«, sagte Sancho Pansa ängstlich.

Da kam schon ein herzoglicher Diener in den Saal gerannt und meldete, eben sei ein hölzernes Pferd aus den Wolken herab im Garten gelandet! Alles lief in den Garten, und dort stand tatsächlich das Pferd mit dem seltsamen Namen »Zapfenholz«, war tatsächlich aus Holz und hatte tatsächlich zwischen den Ohren einen Zapfen, mit dem man es in der Luft lenken konnte. Nun verband man dem Ritter und Sancho die Augen, damit ihnen bei dem Ritt durch die Luft nicht schwindlig würde, setzte beide aufs Pferd und rief ihnen Abschiedsworte zu. Erst laut, dann immer leiser und leiser, damit die beiden Reiter glauben konnten, sie seien schon unterwegs und schwebten in die Lüfte. Dann schlichen sich Diener auf Zehenspitzen näher, machten mit Blasebälgen Wind und schwenkten Fackeln vor dem Pferdekopf, bis Don Quichotte und der kleine Dicke meinten, sie durchquerten Stürme und Wolken und heiße Zonen.

Der Herzog und seine Gäste umstanden stumm das Pferd, lauschten der Unterhaltung der beiden Reiter, die sich hoch in der Luft wähnten, und hielten sich den Mund zu, um nicht herauszulachen. Schließlich setzte ein Diener mit der Fackel eine Lunte in Brand. Da liefen alle zur Seite und hinter Büsche und Bäume, und schon blitzte und krachte es wie in einer Gewitterwolke! Don Quichotte und Sancho Pansa flogen nun wirklich durch

die Luft, wenn auch nur für eine Sekunde! Dann fielen sie wie schwere Kohlensäcke in den Rasen und verloren die Besinnung.

Als sie wieder zu sich kamen, war das Holzpferd verschwunden. Der Herzog lag am Boden und tat, als sei er ohnmächtig geworden. Die bärtigen Damen hatten keine Bärte mehr und fielen sich in die Arme. Und neben Don Quichotte steckte eine Lanze im Gras, und an der Lanze war ein Pergament festgebunden, auf dem Folgendes zu lesen war: »Ich, der Riese und Zauberer Malambruno, gebe den von mir verhexten Damen ihre Schönheit zurück. Mir hat es genügt, dass der tapfere Ritter mit mir kämpfen wollte. Deshalb war der Zweikampf selber nicht mehr nötig. Malambruno, Riese und Zauberer.«

Nun erwachte auch der Herzog aus seiner gespielten Ohnmacht. Und er und alle anderen beglückwünschten die bartlosen Damen und priesen Don Quichotte als den tapfersten Spanier, der einen Harnisch trüge. Und das war nicht einmal gelogen, denn außer Don Quichotte trug ja kein Mann in ganz Spanien noch eine Ritterrüstung …

DER EINZUG IN BARCELONA

So trieben der Herzog und seine Leute ihren Schabernack mit dem Ritter von der traurigen Gestalt und seinem Stallmeister. Doch mit der Zeit fanden sie auch diese Possen zu langweilig. Und als Don Quichotte wieder einmal zum Aufbruch trieb, sagte der Herzog nicht Nein, sondern gab den beiden Reisegeld und ließ sie ziehen. Sie ritten eilig auf Saragossa zu und wären wohl auch noch zu dem großen Turnier zurechtgekommen, wenn sie nicht, in der Nacht, einer Bande von vierzig Räubern in die Hände gefallen wären.

Der Räuberhauptmann hieß Roque Guinart, stammte aus einem vornehmen Haus in Barcelona, hielt seine Räuber in Zucht, wäre gerne wieder heimgekehrt und ein braver Mann geworden, aber er hatte zu viel Unheil angerichtet! Der Vizekönig von Barcelona hätte ihn auf der Stelle hängen lassen! So musste er bleiben, was er geworden war: ein Räuberhauptmann. Er war ein trauriger Mensch, der es liebte, wenn die anderen lachten. Deshalb schickte er dem Don Antonio, einem alten Freund, einen Boten, der rechtzeitig Don Quichottes Ankunft in Barcelona meldete.

Don Antonio empfing also, beritten und mit vielen lustigen Kumpanen, den Ritter und dessen Diener bereits am Stadttor. Es war am Johannistag, der im Hafen und am Ufer mit einer großen Parade gefeiert wurde. Und so glaubte Don Quichotte, dass die Manöver der Segelschiffe und Galeeren, der Vorbeimarsch der Regimenter, die wehenden Fahnen und die Salutschüsse zu Wasser und zu Lande seinetwegen zu sehen und zu hören wären. Er glaubte es umso mehr, als ihn die Zuschauer, nicht zuletzt die Gassenjungen, beim Namen riefen. »Hoch, Don Quichotte! Vivat, Don Quichotte! Hurra, Don Quichotte!« Er grüßte stolz und gerührt, denn er wusste nicht, dass auf seinem Rücken ein Zettel klebte! Don Antonio hatte ihn eigenhändig und heimlich angebracht, und darauf stand: »Ich bin der tapfre Ritter Don Quichotte! Huldigt mir!«

So dachte Don Quichotte bei sich: Das ist der schönste

Tag meines Lebens! Irren ist menschlich. Er wusste nicht, dass es der traurigste Tag seines Lebens werden würde … Als die Parade vorüber war, begegnete ihm am Strand ein anderer Ritter! Der hatte einen silbernen Mond im Schild, trug das Visier gesenkt, verstellte ihm den Weg und rief: »Meine Dame ist doppelt so schön wie Eure!« »Ihr lügt!«, antwortete Don Quichotte. »Dreimal so schön wie Eure Dulzinea von Toboso!«, rief der Ritter vom Silbernen Mond. »Das sollen die Waffen entscheiden!«, sagte Don Quichotte. »So sei es!«, rief der andere. »Und der Sieger soll die Zukunft des Besiegten bestimmen!« Don Antonio wurde zum Schiedsrichter bestellt. Er steckte das Kampffeld ab, prüfte die Rüstungen, die Lanzen und die Pferde, bat die zwei Ritter, ihre Plätze einzunehmen, und gab das Zeichen zum ersten Waffengang.

Der Kampf war kurz. Ohne die Lanze einzulegen, sprengte der Ritter vom Silbernen Mond auf die Feldmitte los. Sein Pferd war viel kräftiger und schneller als die dürre Rosinante, stieß seinen Kopf in ihre Rippen – und schon lag Don Quichotte im Sand! Der Gegner setzte ihm die Lanzenspitze auf die Brust und sagte:

DON
QUICHOTTE

»Ich bin der Sieger und befehle Euch, unverzüglich nach Hause zu reiten und für ein Jahr Harnisch und Lanze abzulegen!« »Ich bin der Besiegte«, sagte Don Quichotte ernst und feierlich. »Ihr habt mein Wort, und ich werde es halten.« Dann ließ er sich aufs Pferd helfen und ritt, ohne sich umzuwenden, aus Barcelona hinaus. Sancho Pansa trabte mit seinem Esel hinterdrein.

Als sie nicht mehr zu sehen waren, fragte Don Antonio den Ritter vom Silbernen Mond, wer er sei. »Mein Name ist Simson Carrasco«, sagte der andere. »Ich stamme aus Don Quichottes Heimat und bin ein Freund seiner Freunde. Wir waren seinetwegen in Sorge, und sie beauftragten mich, ihn heimzubringen. Deswegen verkleidete ich mich als Ritter. Und deswegen musste ich ihn besiegen.« »Wird er sein Wort halten?«, fragte Don Antonio zweifelnd. »Don Quichotte hält sein Wort!«, gab Simson Carrasco zur Antwort und ritt in seinen Gasthof, um die Rüstung abzulegen und sein bürgerliches Wams anzuziehen.

Don Quichotte hielt sein Wort. Als sie in einem Walde rasteten, hängte er den Harnisch, die Beinschienen, den Helm, das Schwert und die Lanze an einen alten, mächtigen Baum. Und dann ritten sie traurig nach Hause. Dort war die Freude groß. Die Haushälterin, der Barbier, der Pfarrer, die Nichte und Frau Pansa empfingen die zwei mit offenen Armen, obwohl sie ohne Königreiche und Reichtümer heimkehrten. »Wir haben euch wieder«, sagten sie fröhlich, »und das ist die Hauptsache!« So schien alles gut. Don Quichotte wurde vernünftig

und lächelte über seine Abenteuer. Und die Freunde lächelten erst recht. Doch eines Tages legte er sich zu Bett, verabschiedete sich von allen, besonders herzlich von Sancho Pansa, schloss die Augen und wachte nicht wieder auf.

Don Quichotte starb mit seinem Traum.

MIX
Papier | Fördert gute Waldnutzung
FSC® C014496

Neuausgabe
2. Auflage 2022

(Imprint Atrium Kinderbuch)
Erstveröffentlichung: Atrium-Verlag, Zürich, 1956

Titelbild und Illustration von Horst Lemke
Umschlaggestaltung: Herr K | Jan Kermes, Leipzig
Autorenfoto: Annelise Kretschmer,
© Nachlass Luiselotte Enderle, RA Beisler, München
Satz: Dörlemann Satz, Lemförde
Druck und Bindung: GGP Media GmbH, Pößneck
Printed in Germany
ISBN 978-3-85535-616-4

www.atrium-kinderbuch.com
www.instagram.com/atrium_kinderbuch_verlag

Erich Kästner

FÜR KINDER

Als ich ein kleiner Junge war

Don Quichotte

Das doppelte Lottchen

Emil und die Detektive

Emil und die drei Zwillinge

Das fliegende Klassenzimmer

Der 35. Mai

Der gestiefelte Kater

Gullivers Reisen

Der kleine Mann

Der kleine Mann und die kleine Miss

Die Konferenz der Tiere

Münchhausen

Pünktchen und Anton

Die Schildbürger

Das Schwein beim Friseur

Till Eulenspiegel

Das verhexte Telefon

ALLE NACHERZÄHLUNGEN
VON

Erich Kästner

Gullivers Reisen
Mit Illustrationen von Horst Lemke
128 Seiten 14,- € [D] / 14,40 € [A]
ISBN 978-3-85535-613-3

Don Quichotte
Mit Illustrationen von Horst Lemke
80 Seiten 12,- € [D] / 12,40 € [A]
ISBN 978-3-85535-616-4

Der gestiefelte Kater
Mit Illustrationen von Walter Trier
80 Seiten 12,- € [D] / 12,40 € [A]
ISBN 978-3-85535-615-7

Münchhausen
Mit Illustrationen von Walter Trier
80 Seiten 12,- € [D] / 12,40 € [A]
ISBN 978-3-85535-617-1

Die Schildbürger
Mit Illustrationen von Horst Lemke
80 Seiten 12,- € [D] / 12,40 € [A]
ISBN 978-3-85535-618-8

Till Eulenspiegel
Mit Illustrationen von Walter Trier
80 Seiten 12,- € [D] / 12,40 € [A]
ISBN 978-3-85535-614-0